句集

誰がために

椋 誠一朗
Mukunoki Seiichiro

文學の森

家族の絆――序にかえて――

このほど椋誠一朗氏が句集『誰がために』を上梓されることとなった。

多くの方が御存知の通り、氏は夫婦俳人としてあまりにも有名である。奥様の則子氏とは句会の場ではほぼ御一緒で、又、誠一朗氏はどちらかというと物静かで、奥様はどちらかというと朗らかという対照的な性格とお見受けしている。

確かに誠一朗氏は物静かなイメージがあるが、そんな中、ホトトギス社の「句会と講演の会」というイベントで講演を依頼したことがある。当時健在であった稲畑汀子は、その物静かさを少し心配していたようだが、いざ本番になると素晴らしいお話をなさり、汀子も大感激していたのを思い出す。

また、氏は虚子記念文学館の「虚子宛書簡を読む会」の一員として、未公開の書簡を読み進めるお手伝いをされており、青年期の虚子の交友関係、学校生活、時代背景など辿りながら、「俳人虚子」の実像に迫ろうという地道な活動をなさっておられる。

句集の序文を書かせて頂く時、必ずこの話題に触れるのだが、以前からホトトギス系の人はあまり句集を出すことに積極的ではないと申し上げてきたが、最近は私の周りにも句集上梓の機運が盛り上がってきたのではないかと思われるようになったのは喜ばしいことである。

句集は平成七年ホトトギス初入選の、

打ち寄する波の高さはすでに秋

から始まる。鳥取県という日本海側の波に季節を感じておられる氏の、自然に対する存問の姿が素直に伝わってくる。

「誰がために」（平成七年～十五年）、「降るやうな」（平成十六年～十九年）、「月を仰ぐ」（平成二十年～二十二年）、「よき出会ひ」（平成二十三年～二十七年）、「昭和の匂ひ」（平成二十八年～三十一年・令和元年）、「守りゆかな」（令和二年～五年）の六つの時代に分かれており、三十年近い作句生活の中の珠玉の作品が収められているのである。

去年今年なく受験子と共にあり
走り茶を淹れかへ呉れし十五歳
継ぐこともなく洋洋と卒業す
母の日の母を留守居に小さき旅
役どころ妻と分け合ひ謡初
闇に咲く月見草とは誰がために
演能の篝火もなほ涼しと見
遺されし絵扇の香よ母の香よ

最初の「誰がために」からの句であるが、家族愛がにじみ出ている句を抜粋した。何と言っても句集名は「闇に咲く」からつけられたとのこと、平成十三年に御両親を亡くされた氏が、その年に島根県の三瓶山で詠まれた思い入れの深い句である。御存知の方も多いが、氏の御両親は椋砂東、みづなというホトトギスの大俳人である。代々御家族が俳人という恵まれた家庭で伸び伸びと詠まれた句が極楽の文学を奏でている。「演能」の句ではホトトギス巻頭を取られたのである。

小さく焚く門火の傍の妻の黙

送火の語り尽くせぬうちに消ゆ

降るやうなとはふるさとの星月夜

次の「降るやうな」でも家族愛の深い句が散見出来る。

虚子旧居訪ひ鎌倉の春惜む

子規といふ明治の気骨獺祭

一村の綺羅一旒の吹流し

「月を仰ぐ」は三年間の句を纏め、子規、虚子というホトトギス俳句を信奉する姿が垣間見られた。

ひとひらの落花のかかへゐる翳り

日に酔うて風にまどろむ牡丹かな

雪渓といふ化粧ひせる神の山

病葉の紆余曲折といふ着地

家族愛の句も多いが「よき出会ひ」からは自然を写生した句を挙げる。大自然の雄大な姿から目の前の小さな植物の命まで、花鳥諷詠の理念に根差し、愛情深く詠まれている。

独楽の紐虚空に影のひるがへる
嗤ふたび人を引き寄す雪女
ラグビーの風を躱して走り抜く
ピッケルを金剛杖に換へ登山

「昭和の匂ひ」からは人事的な季題に着目するが、「雪女」のような神秘的な季題でさえも、現実味を帯びているところが氏の懐の深さを物語るものだろう。季題が生き生きと表現されている。

嫁して早や主婦の面差し豆の飯
いまさらに父母の面影木の葉降る
たどり読む虚碧の書簡春の行く
月朧花鳥諷詠守りゆかな

いよいよ最後の「守りゆかな」の句であるが、「月朧」は令和四年二月二十七日に帰天した稲畑汀子への追悼句である。

この序の題名にもあるように、誠一朗氏は御尊父様の時代から句に勤しみ、御令室、そして「嫁して早や」のモデルと拝察される御嬢様も俳句を嗜まれているという俳句一家であり、この家族の絆こそ、これからの俳句人生をより豊かに彩ることにもなるだろう。

今後の御活躍を祈念して、句集上梓も御家族を含め続けてゆかれることを大いに期待して、私の拙い序文とさせて頂くこととする。

令和五年十二月十七日　東京目黒区の自宅にて

稲畑廣太郎

句集　誰がために――目次

装丁　片岡忠彦

句集

誰がために

誰がために

平成七年〜十五年

平成七年（一九九五）

ホトトギス初入選

打ち寄する波の高さはすでに秋

蟬時雨にも負けぬかに子ら遊ぶ

指で絵を窓に書く子や冬めける

平成八年（一九九六）

去年今年なく受験子と共にあり

一条の航跡海もうららかに
夏足袋にほこり付くまじ舞ひ稽古

鳥渡る砂丘遥かな沖空を

香港　二句

香港の聖夜も近きこの夜景

道の辺に物売る民よ毛糸編む

平成九年（一九九七）

雛納いつもの暮らし待つてゐし

走り茶を淹れかへ呉れし十五歳

秋晴の砂丘に点となりゆくも

子に継がす蔵書のありて木の葉髪
時雨れつつ帰心一途の夜汽車なる

生きにくき世を永らへて漱石忌

平成十年（一九九八）

浮かみたつ砂丘はるかに初明り

破魔弓を立てかけてあり書斎らし

軽軽と流れゆくもの春の雲

継ぐこともなく洋洋と卒業す

夜蟬鳴く闇の深さを推し量る

語り継ぐ記録も古りし震災忌

路地ここも踊浴衣の人いきれ

手花火に照らさるる子の蒼き影

平成十一年（一九九九）

濃き赤は生き抜く証寒椿

地心より噴き上ぐるかに雪しまく

花に疲れ人に疲れて苑めぐり

母の日の母を留守居に小さき旅

籐椅子の軋むに旅情解れけり

濃き闇をもらひ端居の看取妻

広島

合掌の背を走る汗爆心地

残暑にもあえかに風のまぎれゐし

編集も初校で了へし日短

平成十二年（二〇〇〇）

役どころ妻と分け合ひ謡初

気を穿ち独楽の孤独の美しく

輝きを雫に集めゐる氷柱

松山

子規堂の咳ひとつにも毀れさう

霧がかる山を景とし梅雨の宿
空蟬の風を孕みて鳴けるかな

日記出づ書肆の顔とし積まれけり

平成十三年（二〇〇一）

悴みて父の遺しし辞書を繰る

香煙の籠る仏間にある余寒

闇に咲く月見草とは誰がために

提灯を灯し新盆らしくなる

鯛やああ納骨といふ別れ

金風に幣よく揺るる能舞台
山粧ふ雨の匂ひを加へつつ

瀬音まで涸れ果てて山眠るらし

帰り来て寒き仏間の灯をともす

平成十四年（二〇〇二）

里ぶりの雑煮の椀に偲ぶもの

冴返るとは何もかも音の澄む

旅衣脱いで春愁さらり脱ぐ

読書にも倦んで卯の花腐しにも

草攀づる蛍は蒼き灯をこぼし
松籟を聞き梅雨明けの風と聴く

ホトトギス巻頭　三句

火を入るるより火蛾の舞ふ能舞台

演能の篝火もなほ涼しと見

線となる烏賊火を景に能佳境

門前によべの余韻の花火屑

吹き払ふ風がさらなる霧をつれ
自足てふ数と見えたる干大根

冬帝の一喝景の一変す

平成十五年（二〇〇三）

猫きらひうかれ猫とはなほきらひ

古町の残花の情にふれて旅

富山湾

蜃気楼消えて余韻の人出あり

と見かう見しつつ寄居虫海へ海へ

蛍の現れて北斗を淡くせり

遺されし絵扇の香よ母の香よ

人偲ぶ夜はあえかなる虫とあり

句碑の辺の瀬音幽かや暮の秋

大砂丘とて冬帝の掌

また古書の現れて煤掃捗らず

枯れ尽くし枯れ尽くしたる菊の黙

降るやうな

平成十六年～十九年

平成十六年（二〇〇四）

雪達磨午後の日差しに威儀くずす

振出しに戻る流転も絵双六

蒼天を統べて白鳥棹となり
屁理屈が背丈を越えて卒業す

照り翳り照り翳りして春の雪

虚子忌・寿福寺

約束のやうに忌日の落花なる

津和野・鷲原八幡宮

流鏑馬といふ昂りののどけしや

朝顔に生活のけぢめ諭さるる

小さく焚く門火の傍の妻の黙

塵を掃くにもある作法炉を開く

冬凪の湖は歩いてゆけさうな

浅草・浅草寺

仁王立ちして羽子板を商へる

平成十七年（二〇〇五）

標の踏み出す一歩覚束な

懸想文売りの目許が笑ひをり

京都・吉田神社

厄塚に負はせし祟の焔たつ

三味の音が都をどりを浮き立たせ

虚子墓前までのほそみち風光る

あうらより草の戸の夏来たりけり

鳴きさかる河鹿悲しと思ふ夜
郭公の殷殷として牧を統べ

滝道を踏むより山の風となる

磯桶の辺りに海女の息づかひ

送火の語り尽くせぬうちに消ゆ

笹鳴に集中させてゐる五感

平成十八年（二〇〇六）

霜柱触れて傷つきさうな指

悕へたる思ひ一気に山笑ふ

踏めさうで犬ふぐりとは踏めぬ彩

日当たれば日を抱きとめてクロッカス

解けさうで解けぬパズルよ蜷の道

比良八講鎮めの法螺のひびく湖

万雷の拍手を浴びるかに落花

咲き満ちて合歓の花にもある奢り

滝の威に打たれし人のみな寡默
降るやうなとはふるさとの星月夜

木洩れ日を踏み秋声を踏む古道

平成十九年（二〇〇七）

寒禽の鋭声のゆるぶ日なりけり

類焼をまぬがれて座す仏間かな

火事跡の闇に朝日の濃くありぬ

京都・壬生狂言　二句

後家役の太き二の腕壬生念仏

物言はぬ壬生の舞台や春の風

崩るるといふ見所も白牡丹

噴水の坦坦として爆心地

石見銀山　二句

間歩といふ涼しさを踏み時を踏み

石窟に五百羅漢とゐて涼し

子規庵の小園といふ木下闇

夜霧また湧いて神戸の夜景消し

満洲・大連　三句

冷まじや旅順港いま靄の中

無住なる日本人街露けしや

高粱の畑を焦がして夕日落つ

能舞台古りて露けき拍子踏む

冬霞海も砂丘の一部分

冬日浴び駱駝は遠き目となりぬ

月を仰ぐ

平成二十年〜二十二年

平成二十年（二〇〇八）

獅子舞の地を嘗めさうな大あぎと

寒造いのち吹き込む櫂さばき

薄氷を踏めば微塵となるひかり
幾何学はいまなほ苦手蜷の道

木洩れ日の光を重ね水温む

赴任地はふるさとの街山笑ふ

風紋の果ては大海鳥帰る

虚子旧居訪ひ鎌倉の春惜む

咲きみちて花の静寂といふ忌日

京都・上賀茂神社　二句

嘶きて気負ひ鎮めし競べ馬

どどどどと埒をふるはせ賀茂競馬

やはらかき風やはらかき袋角

どの島も万緑のせてをりにけり

噴水の秀の頼りなく崩れゆく

鉄風鈴みちのくの風つれてきし

出雲遷宮

本殿に立てば神慮の風涼し

鳥取・江尾　十七夜　二句

五百年つづく踊の輪の中へ

かく小さき町に踊の人あふれ

句の道といふ志月を仰ぐ

ハワイ　二句

避寒てふ旅の始まりエアポート

真二つに海を割きつつ鯨現る

平成二十一年（二〇〇九）

子規といふ明治の気骨獺祭

咲き切つて梅の驕りと日の奢り

擢飛沫あげ競漕の刻やいま

散りどきもまた人知れず一人静

軽暖のデッキの風を浴びて旅

孑孒の文字が盛んに跳ねてゐる
品書に瀬音を足して鮎の宿

雪加啼く裾野の余白埋めてをり

闇の色醒めぬ朝の月見草

閑寂をもてなしとして古都涼し

秋蟬や雨の東寺を鎧ひたる

秋出水闇にうごめく警備灯

秋冷ゆる避難所に身を横たへて

ホトトギス巻頭　三句

終戦の日の秘話として繙きぬ

語り継ぐ終戦の日の日差しかな

黙禱の子らに八月十五日

海鳴りを秋声と聴きとめて旅

海に向く龍馬の思惟や金風裡

平成二十二年（二〇一〇）

電飾を潜り抜けたる裘

鉢植ゑの重き光彩寒牡丹

あたたかき言の葉と花束を抱き

のこのこと三月が沖より来たる

立雛の心許なく凭れ合ふ

わんわんと木の芽立ちをる城址径

鷺の巣の高さが世間寄せつけず

一村の綺羅一旒の吹流し
蜩の鳴いて暮色を引き寄する

高原の草に酔ひ痴れ秋の蝶

威銃谺がこだま呼ぶ山河

山口・萩

松陰に呼び止められし露の宮

豊岡・京極家御廟

鷹柱御廟の空の高みまで

よき出会ひ

平成二十三年〜二十七年

平成二十三年（二〇一一）

針供養昭和の匂ふお針箱

日の差せば春霜もろく潰えたる

封を切るより春愁を解く佳信

爛爛と猫は目を研ぐ春の闇

ゆさゆさと花の命を揺する風
惜春の旅の余情を頒ち合ふ

鍵盤の夏めく白を叩く指
はんざきの三千万年の欠伸

海親し怖しと海の日の祈り

熊本・阿蘇

一筋の噴煙置いてゐる花野

日本の闇を豊かに虫すだく

風を切る間なしに転ぶ木の実独楽

湯ざめなど厭はず星を見るといふ

焦点のなき雪晴を運転す

平成二十四年（二〇一二）

松葉蟹無念の泡の羅られけり

耀り声の熱気に松葉蟹うごく

ひところに余寒吐き出す狂言師

京都・枳殻邸

虚碧句碑ほどよき距離や初桜

ひとひらの落花のかかへゐる翳り

植田いま四角四面の風渡る

千年の山の風韻滴れる
滝落下太古の響きつづりつつ

手花火のぽとりぽとりと夜の更くる

つつと来て己が影うつ石たたき

湖心へと鴨は濁世を離れゆく

平成二十五年（二〇一三）

ややありて雪崩の音の立つ深山

山の端をそぎ落したる雪崩かな

春障子閉ぢてひそかに文を読む

吾の流す雛の行く末ばかり追ふ

日に酔うて風にまどろむ牡丹かな

緋牡丹に来て衰ふる風の息

極暑てふ火の粉を散らす二月堂

東大寺子規も聞きたる鐘涼し

人に馴れ人を怖れてゐる鹿の子

繙けば冷ゆる指先震災忌
林檎剝く真紅の消えてゆく螺旋

平成二十六年（二〇一四）

輪飾をかけて当主といふ自覚

碧梧桐忌新傾向といふ昔

長男婚儀
よき出会ひとは春風に似たるもの

虚子墓前守る一蝶の軌跡かな

雪渓といふ化粧ひせる神の山

葉の上の珠のひとつぶ青蛙

海の底まで炎帝の掌

花火師の黒子のごとく地を這へる

刃を入れて抜き差しならぬ南瓜かな

城山を攻めのぼりゆく秋の蟬

雲の裏焦がす無月の息遣ひ

松手入どつと青空下りてくる

咲き満ちて空に吸はれし冬桜

平成二十七年（二〇一五）

すり減りし踏絵の底の深き闇

大勢とゐて惜春の席ひとつ

海坂の神の火のごと烏賊火燃ゆ

ひたひたと妻の蹤きくる蛍の夜

病葉の紆余曲折といふ着地

蟬時雨とは視覚まで奪ふもの

影といふ懐古を回す走馬灯

澄む水の芯をさ走る水の影

山口・萩　二句

ぬつと志士現れさう露の路地曲る

村塾に風を呼び込む松手入

終の色日向にとどめ破れ蓮

冬の蝶びびびと翅をたたみけり

淋しさに枯木は千の手を伸ぶる

一枚の湖一群の鴨の影

木枯をさえぎる術のなき砂丘

昭和の匂ひ

平成二十八年〜三十一年・令和元年

平成二十八年（二〇一六）

独楽の紐虚空に影のひるがへる

おとろへて独楽の彩り見えてくる

躓いて初音は風に消されがち
野火盛ん鎮めの雨の降ってきし

燕きて街はやさしき貌となる
初花の一輪といふ重さかな

零れとぶ影の濃淡百千鳥

耕人の己が影へと鍬をうつ

花時計ゆるり暮春の時きざむ

放哉の句碑訪ふ卯月曇かな

禁教のお触れは昔若葉雨

平成二十九年（二〇一七）

ちゃんばらの氷柱は勁く折れやすく

嗤ふたび人を引き寄す雪女

空仰ぎつつ四日目の雪を掻く

寒明の空はすみずみまで青し

強東風にかたち整へゆく砂丘

春陰や剝落しるき仁王像

囲を揺する蜘蛛の忿怒のをさまらず

旅枕とは更けやすく明易く

薫風にふくらんでゆく詩嚢かな

桑の実といふ懐旧に歯を染めて
たらたらと銀河落ちゆく海の果て

太陽を吸ひ尽くしたる林檎かな

倉敷・円通寺

警策を打てば朝寒ひたと寄す

吾輩は今日も句を詠む漱石忌

風紋の影を奪つてゆきし北風

平成三十年（二〇一八）

ラグビーの風を躱して走り抜く

思考まで雁字がらめに著ぶくれて

春しぐれ町を斜めに濡らしゆく
句に遊ぶとはクローバを摘むこころ

名山も名も無き山も笑ふなり

牡丹の芽貧しき庭を灯しけり

衣更へて乏しき髪を梳きにけり

袋角眼に雄雄しさを宿しつつ

夏野とは人を孤独にしてしまふ
頼りにはならぬ極暑の風とゐる

日本の大地揺るがす蟬時雨

畳むとき昭和の匂ふ蚊帳の果

沖合の混沌ふかめ秋驟雨

新走蔵の歴史も商へる

秋風や土にまみれて轆轤蹴る

ほつこりと小春日和に嵌まる街

冬紅葉しづかに虚空焦がしたる

早世の藩主の墓に沁む寒さ

風紋の歪み促す寒さかな

嫋やかな指濡らし食ふ松葉蟹

平成三十一年・令和元年（二〇一九）

たつぷりと硯の海へ寒の水

一行を書いて筆擱く夜半の春

尼寺址の礎石に座せば草朧

一門の初心に返る虚子忌かな

踊子草風と阿吽のひと舞台

太陽の余慶を受けてゐる新樹

あの頃は上昇志向ソーダ水

出羽・月山

ピッケルを金剛杖に換へ登山

狛犬のくわつと吐き出す残暑かな

電文のやうなやりとり秋暑し

嫁ぐ娘と交はすひとこと秋淋し

虚子の間を守り継ぐ露の宿に泊つ

虚子句碑を標と囲む旅の秋

能面の眼窩の闇におく秋思

岡山・高梁

天空へ城押し上げて冬の霧

好晴の空より下りてくる寒さ

逃げやすき日を掻き集め青写真

漆黒の闇に貼りつく冬の星

木の葉降る空の一角崩しつつ

笹鳴やかすかに森を揺らしたる

守りゆかな

令和二年〜五年

令和二年（二〇二〇）

年酒酌む切子の杯を傾けて
童心が踏ませてしまふ薄氷

大輪の夢にまどろむ牡丹の芽

桜餅せつなしと思ふ子規の恋

筍の泥の重さも提げて来し

嫁して早や主婦の面差し豆の飯

ゆらり立つ蚊火の煙や熟寝の子

万年のひかり宿して滝落下

万緑の端を啄む鳥のこゑ

秋思なり吾がかんばせを映すとき

狛犬のしづかに猛る神の留守

いまさらに父母の面影木の葉降る

散るといふ力を見せて冬のばら

断てさうで断てぬ煩悩鐘冴ゆる

令和三年（二〇二一）

匂ひ立つかに雪折の猛猛し

春の鴨嘴より雫ひかり落つ

初花の一輪に日の暮れてゐず
塀の上の猫と目が遇ふ日永かな

春闌けて古墳の熟寝つづきゐる

たどり読む虚碧の書簡春の行く

見頃とは崩れ初めたる牡丹にも
終戦日海はしづかに碧たたへ

鶏頭の暗く燃えたる一忌日

ただならぬ標のごとく曼珠沙華

史蹟野につづく秋の田茫茫と
木の実落つ母なる大地へと還る

書に倦んで小さき団栗回しけり

山眠る鼓動のごとき水の音

柚子二つ沈めて遊ぶひとりの夜
電飾と楽に埋もるる十二月

令和四年（二〇二二）

雪折の修羅の匂へる朝かな

身ほとりに母ゐるごとく初音聞く

稲畑汀子師帰天さる

月朧花鳥諷詠守りゆかな

遺されし遠まなざしの享保雛

師の恩を思へばうるむ春の星

訪ふ人はみな風を連れ夏館

虹たちて空の余白のなかりけり

勤行の声のびやかに雲の峰

夕菅や星の加勢を得て開く

老鶯のこゑの末尾にある未練

秒針が終戦の日を刻みゐる

また角を曲がる根岸や獺祭忌

糸瓜忌がきて子規がまた近くなる

句碑古りて苔も語部秋の風

豊の秋ややの握力ことのほか

天地をつなぐ彩とし冬紅葉

菊判の朱色は褪せず漱石忌

令和五年（二〇二三）

雑念をぱつと断ち切る霰かな

朱の盃に満つる淑気を呑み干しぬ

下萌ゆる地底の神の謀

句碑一基淋しからうと木の芽吹く

落つるより景の反転山椿

崩れつつ流るる雲や秋めける

星影を遠ざけ燦と今日の月

あとがき

俳句を嗜むようになってほぼ三十年が経過した。これは、取りも直さず本格的に俳句の道に足を踏み入れ一途に歩いてきた期間であって、作句はしないまでも俳句に興味を持ち続けた幼年・青年期などは当然のことながら含まれていない。

私が呱呱の声をあげるずっと前から、私の両親は「俳人」であった。母は昭和の初めから、父はその数年後に一念発起して作句を開始している。二人とも高濱虚子を信奉し、「ホトトギス」に一途に投句を続けた。ほぼ六十年の俳句生活でいささかも揺らぐことはなかった。さらに、月一度だったが、自宅の座敷で「鳥取ホトトギス会」の句会が開かれ、時間になると披講の朗々とした声が家中に響いていたものだ。

そのような環境で育ったために、俳句は常に身近にある文芸だった。学生時代、「乞う送金」の葉書を自家に送る際、その片隅に〝ご機嫌伺い〟のつもりで俳句らしき一行詩を書きつけると、後日、送金と共にくだんの一行詩に赤丸が付けられて送り返されてきたものだ。褒めて育てようという〝親心〟だったのかも知れない。

「野分会」には、有難いことに稲畑汀子先生のお声掛かりで入会させていただき、十分に学ばせていただいた。その後、現ホトトギス主宰の稲畑廣太郎先生の「青嵐会」に所属し、研鑽を積ませていただいている。

本句集『誰がために』は、野分会以来親交のあった黒川悦子さん（当時、日本伝統俳句協会副会長）から上梓を強く勧められ、自選の選句作業に入ることとなった。その後、日常の些事雑事にかまけて作業は遅々としたものだったが、このたび漸く上梓に漕ぎつけることができた。背中を押してくれた悦子さんは、本句集作りの緒についたことを見届けるかのように令和五年四月、帰らぬ人となってしまった。

題名の『誰がために』は、三瓶の石見ホトトギス俳句大会で詠んだ〈闇に咲く月見草とは誰がために〉からとったもので、稲畑汀子先生の特選をいただいた一句である。この年の一月に父が、四月には母が相次いで幽明界を異にしており、それだけに思い入れの深い句となった。

最後に、超ご多忙な廣太郎先生から身に余る序文をいただいた。心より感謝申し上げたい。そして、一昨年二月、故人となられた稲畑汀子先生には言い尽くせぬほどのご恩寵を頂戴した。改めて深甚なる謝意を御霊に捧げたい。

黒川悦子さん、さらに句の道へ誘ってくれた両親、数多の句の諸先輩、多くの句友の皆さまをはじめ、本句集上梓に当たってお世話になった「文學の森」の編集スタッフの皆さまには感謝の言葉しか浮かんでこない。

句集上梓は、私の俳句人生の次のステップへの一里塚だと思っている。新しい伝統俳句のために何をどう詠むのか、模索はなおも尽きない。

令和六年一月

椋　誠一朗

著者略歴

椋　誠一朗（むくのき・せいいちろう）

昭和21年　鳥取市生まれ
平成７年　「ホトトギス」投句、「山陰」投句
平成13年　「円虹」投句
平成14年　野分会入会、稲畑汀子、のち稲畑廣太郎に師事
平成16年　ホトトギス同人
平成19年　日本伝統俳句協会賞受賞

現　在　公益社団法人日本伝統俳句協会会員
日本伝統俳句協会山陰協議会副会長
鳥取県俳句協会理事
新日本海新聞俳壇選者

現住所　〒680-0813　鳥取市寿町255

句集　誰《た》がために

発　行　令和六年四月十一日

著　者　椋　誠一朗

発行者　姜　琪　東
発行所　株式会社　文學の森
〒一六九-〇〇七五
東京都新宿区高田馬場二-一-二　田島ビル八階
tel 03-5292-9188　fax 03-5292-9199
e-mail mori@bungak.com
ホームページ http://www.bungak.com
印刷・製本　有限会社青雲印刷

ISBN978-4-86737-216-6　C0092